何其三绝句三百首

何其三 

全国百佳图书出版单位
时代出版传媒股份有限公司
黄山书社

图书在版编目(CIP)数据

何其三绝句三百首 / 何其三著.—合肥：黄山书社，2019.12

ISBN 978-7-5461-8857-7/01

Ⅰ.①何… Ⅱ.①何… Ⅲ.①绝句-诗集-中国-当代

Ⅳ.①I227.7

中国版本图书馆 CIP 数据核字(2019)第 300236 号

何 其 三 绝 句 三 百 首

HE QISAN JUEJU SANBAI SHOU

何其三 著

出 品 人 葛永波

责任编辑 刘 羊

责任校对 徐佩兰

责任印制 李 磊

装帧设计 钱志刚

出版发行 黄山书社(http://www.hspress.cn)

地址邮编 安徽省合肥市蜀山区翡翠路 1118 号出版传媒广场 7 层 230071

印　　刷 三河市同力彩印有限公司

版　　次 2020 年 2 月第 1 版

印　　次 2023 年 6 月第 2 次印刷

开　　本 880mm×1230mm 1/32

字　　数 90000

印　　张 7.25

书　　号 ISBN 978-7-5461-8857-7/01

定　　价 49.80 元

服务热线 0551-63533768

销售热线 0551-63533788

官方直营书店(https://hsss.tmall.com)

美丽的洄涡

——《何其三绝句三百首》序

一

与何其三相识并成为文友，似属偶然，实是必然。

《合肥晚报》配合政府开展文化项目创建活动，辟设了《咏叹调》版面，专事刊载新诗、旧体诗词、书法及相关文艺评论。其中的旧体诗词板块，需要一批作者，安徽大学王光汉教授长期为本报副刊撰写文章，闻讯推荐了几位醉心吟哦者，就有何其三——我们由此相识，这是偶然。

所谓必然，则是各方介绍来的旧体诗词作者达数十人，有些作者不知是否惜墨如金，抑或囿于才力，赐寄的一首或数首诗词见报后，便再无续作；另有一些作者投送诗笺词稿的热情虽高，作品读来却味同嚼蜡，为版面质量计，我们没敢续约，对方热情也慢慢地低落，并终归沉寂。与这两种“走着走着就散了”的作者不同，何其三自相识始，便定期援稿，且所作诗词饶有情致。于是，交往极其自然地赓续至今。

二

漫言旧体诗创作，鲁迅有句名论：“我以为一切好诗，到唐已被做完。”值得瞩目的是，以此表达对旧体诗创作巅峰的礼赞之后，深谙文学发展规律的迅翁，还立论缜密地补缀一语：“此后倘非能翻出如来掌心之‘齐天大圣’，大可不必动手。”从创造角度，揭橥了自己对旧体诗高手出现的见地。

事实确也如此，唐之后，借旧体诗而蜚声文苑的“齐天太圣”，在我们这以诗扬名的国度，何可胜数？清初状元彭定求等奉敕编纂《全唐诗》，元朝诗人唐珙的七绝《题龙阳县青草湖》气概格调绝似唐诗，被误收入这部全集中，可以说，就是后世格律诗作者创造力依然不输唐贤，格律诗创作在唐后仍有作为的凿证。

而继星汉满天的宋词作者之后，金元产生了元好问、萨都剌，明朝诞生了杨慎、陈子龙，清代更涌现出陈维崧、朱彝尊、纳兰性德、张惠言等一批著名词家，迎来了文学史上为人称道的“词学中兴”，显见被称作“诗余”的词，不仅葳蕤于两宋，依然蓬勃于宋后。

毋庸讳言，五四以降，较之由新白话小说、散文、新诗、话剧组成的日渐壮大之时代文学潮流，旧体诗词只能算作散布于这浩淼洪流间的曼妙水涡了。唯热衷此道者，依旧连绵不绝，立于新文学大纛下的陈独秀、鲁迅、郭沫若、茅盾、郁达夫、田汉、聂绀弩们，就个个酷嗜并擅长赋诗填词，在埋首撰著各种新文学作品，倾力壮大新文学潮流的同时，也常常饶有兴致地客串一下“齐天太圣”，逸兴遄飞地吟制出一首首精妙的格律诗或词，为世间呈现了美不胜收且令人回味无穷的文学洄涡……这些作品共同筑就了璀璨的中国现当代文学宝库，满足了昨日读者的文化需求，丰富着今日读者的阅读享受，想必，还会滋润着明日读者的精神生活。

三

说何其三是一位为旧体诗词创作而生的女子，绝不为过。点开她的微信朋友圈，便可发现，挑灯披卷，吟诗填词，已然成为其生活的一部分。其搦管吟哦，虽只是近十年之事，但少小即随父诵读唐诗宋词，系统接受过传统韵文教育。在她的《虞美人·暮春忆人》四阕、《虞美人·旧门环》、七绝《伤春》等辞章里，古典文学的优秀基因清晰易辨。可贵的是，她于继承的同时，执意创新，即使袭用传统题材创作，也别出机杼，翻制出一曲曲清丽绝俗、空灵精巧的隽词娇韵来。尤足称道的是，她嗜喜撷取身旁各种生活形态作为创作素材，在《定风波·老母逛商场电子秤称重有记》、《采桑子·戏题荨麻疹》，七绝《黄昏街头见小贩论斤卖书》、《剥洋葱》这些篇什中，凭借一管生花妙笔，将庸常生活描绘得风生水起，丰富活泼，充盈着温馨的人间情趣和灵动的文化兴味。修炼达到这般道行，纵使算不上“齐天太圣”，庶几也逼近“铁扇公主”了，这可是一位“后来也得了正果，经藏中万古流名”的俏丽仙人啊。

二十年前，和同事乘游轮溯江西上，去重庆度假。船过三峡，立在轮船甲板上，俯视滚滚东去的漫江碧流，曾被水面镶嵌的无数大大小小的螺旋形水涡所吸引，并惊艳于它们的欢快、活泼与美丽。未来的新新人类若阅读现阶段中国文学，在欣赏那磅礴恣肆的文学主流之余，还有兴致品味一下在主流四周或中心涌现的那簇簇充满活力的水涡，我敢断言，他们会惊喜地发现其中有一朵美丽的洄涡，她的名字就唤作“何其三”。

王晖

二〇一九年十一月八日晚，合肥东北郊写字间六一四室

王晖，中国晚报工作者协会文化新闻分会副会长，中国作家协会会员，合肥市文联第四届委员会副主席，合肥市作家协会副主席，合肥晚报副总编辑。

目　录

借景抒情

即事感怀

咏物言志

怀古咏史

借景抒情

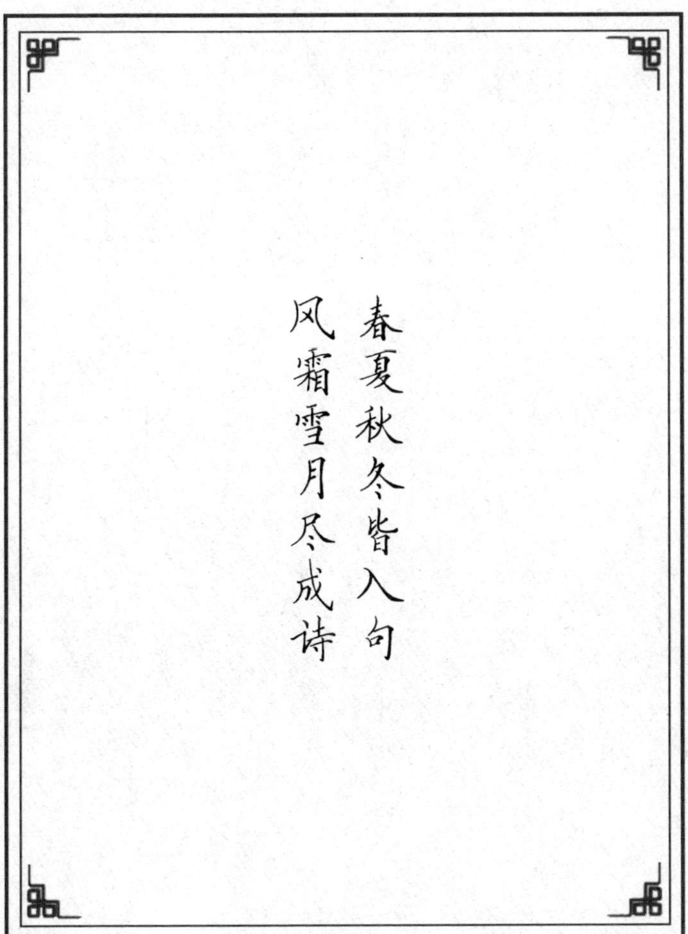
春夏秋冬皆入句
风霜雪月尽成诗

春　归

泉水响叮咚，
声如寺庙钟。
春风能识路，
先绿野山冲。

春　风

润花花解语，
裁柳柳条新。
不负江南约，
催开万户春。

早　春

苞如米粒草初芽，
春意依然薄似纱。
唯我心头妍似锦，
只缘思念早开花。

早春二月

粉褪梅梢紫燕飞，
试花桃树未芳菲。
将心叠作鸢儿放，
好约东风一起归。

早　春

一

雨声昨夜过墙东，
未绿杨枝草未葱。
先托东君施巧语，
温言挑动小桃红。

二

残梅留梦小桥东，
柳染鹅黄草欲葱。
旧燕归来频细语，
南山已绽早桃红。

三

花未含苞草未茵，
奇寒侵骨冷无垠。
深忧雨隔春归路，
不识东君是故人。

春

残梅寥落老枝斜，
小草沿溪布嫩芽。
解事风传青帝语，
好春应属碧桃花。

春

桃花潜发向南枝，
嫩柳塘边偷放丝。
草木比人灵性足，
春归何处最先知。

雨中春

一弯溪水隔尘凡，
绿草清心解眼馋。
遍地花苞如扣饰，
雨拈针线订春衫。

春　心

柔条宛转已成丝，
暖处青青冷处迟。
谁道春心无厚薄？
好风先送向南枝。

春

江南地暖渐如煨，
花信风来不用催。
只待芳春轻吐口，
千红万紫自成堆。

离家多日开门见桃花满树

才进家门看欲呆，
碧桃枝上已全开。
春风怕误庭花事，
不待相邀入院来。

小院之春

翩飞蜂蝶似穿梭，
风起红波叠绿波。
隔院有花它不管，
我家春比那家多。

小院春色

独赏芳鲜在院庭，
无须俗世惹尘腥。
花穿红紫人穿白，
园柳忙添一点青。

春　游

红才送往绿相迎，
人在宋唐诗里行。
溪有律音山有韵，
峰尖为仄路为平。

深山春游

深山好似白云村，
桃李生儿竹抱孙。
好事春风迎贺客，
殷勤引我过松门。

春日山顶一览

芳草添香花作丸，
白云舀勺即能餐。
山如手掌平摊出，
似托春蔬一满盘。

春过杏林

春过杏林花满头，
人归家后意还留。
暗思何故神魂失？
回转明眸应带钩。

量 春

谁道春光难丈量？
足尖当尺又何妨。
随花沿岸达峰顶，
春比清溪更显长。

赏春光

游蜂蛱蝶闹纷纷，
绿欲生波红欲焚。
才见桃花飞一片，
十分春色减三分。

花满蹊

桃杏缤纷红满蹊，
逐香蜂蝶醉如泥。
花前我欲觅佳句，
可恨春风乱出题。

折　柳

新晴最是赏春时，
嫩绿柔条折一枝。
柳叶那如红叶好，
为因红叶可题诗。

春　耕

春懂躬耕我不如，
荒芜南亩自心虚。
东风一夜敲门紧，
应是送来种树书。

久雨后扶贫行走于田埂上衣上泥花朵朵戏题

田埂回环尽是洼，
捂唇兀自笑呀呀。
春泥如絮飞身上，
为我衣添百朵花。

春溪偶见

茜色裳衫艳似霞，
及腰乌发胜雏鸦。
俏然春岸当风立，
十里溪花添一花。

溪边拾春

清风无事往来忙，
摇落桃花逐水香。
悄把残红轻拾起，
留将冬日赏春光。

春 风

初叶黄消已渐稠，
漫天桃杏似霞流。
红愁绿惨由心起，
其实春风不管愁。

春 愁

遍山满壑尽云霞，
将暮无端风雨加。
今日红深明日浅，
春愁一半入桃花。

访暮春桃花

记得初施粉色匀，
如今半槁半成尘。
去年临别约重见，
可恨桃花不等人。

暮春花事

半留枝上半成埃，
对此难分喜与哀。
任性春风忙碌甚，
随心催谢又催开。

暮春桃林

红伤绿惨动愁怀，
珠泪纷纷腮上排。
痴立林间人未觉，
落花早把脚深埋。

春　心

雨中不忍到桃林，
风带悲愁作苦吟。
满地残红如碧血，
疑猜流处是春心。

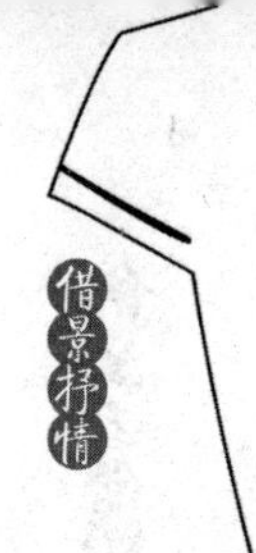

暮春夜雨

残红褪尽小桃枝，
寒透轻衫薄暮时。
昨夜风声今夜雨，
半催落蕊半成诗。

暮春遇雨

旧日风光难再寻，
残花色浅藓花深。
别春最怕当头雨，
湿了衣衫又湿心。

暮　春

烂紫衰红几树斜，
无边春事渐天涯。
痴人不合夜听雨，
梦里通宵拾落花。

暮　春

绿叶鲜肥红可怜，
蒙蒙飞絮趁风旋。
暮春留影于何处？
应在桃花残梗边。

春易老

家门才入意忡忡，
十处芳鲜九已空。
应是风知人不在，
乱穿庭院落花红。

伤　春

每到春残恨意浓，
千娇百媚景无穷。
东风不懂怜香玉，
吹落桃花满地红。

送　春

紫朵莹莹入眼清，
无边离绪近花生。
知春背影行将远，
怅隔藤帘望一程。

注：

见紫藤花如瀑如帘，知春将去。

别　春

将过谷雨倍伤神，
不见先前绰约身。
百样娇妍曾与我，
别春好似别情人。

寄　春

雨暖山先绿，
春心欲寄谁？
东风知我意，
频向柳枝吹。

流　年

阴阴夏木绿参天，
红是春魂瘦可怜。
红绿无须分贵贱，
风光转换任流年。

忽闻夏至

化外天心尽物华，
飞萤自照几生涯？
柴门久闭今新启，
冷落清荷十里花。

注：

忽闻今日夏至，胡乱记之。

初　夏

芳草连天碧到涯，
春归何必恨愁加。
夏来自有风流处，
遍野蔷薇已著花。

初　夏

乍雨初晴雾似纱，
抽丝藤蔓绕篱笆。
莫言红瘦春归尽，
绿叶肥时更胜花。

初夏小院即景

小桃青绿待风催，
黄熟枇杷摘几枚。
粉蝶纷纷过院去，
隔墙应有菜花开。

夏　夜

黄昏才亮壁间灯，
蛾蝶纷飞蚊蚋增。
欲闭前窗关不得，
瓠瓜无赖放丝藤。

见山中枇杷黄熟有作

夏意浓深我未知，
山光渐老叹来迟。
枇杷黄透无谁问，
每待风过自坠枝。

咏　秋

又是金风染菊枝，
红衣落尽藕肥时。
雁儿也觉秋光好，
飞上云端写小诗。

秋

菊花捧出紫金盘，
枫叶流霞态万般。
如若秋光堪下剪，
裁留几尺入冬看。

秋 蝶

黄蝶粉茸茸，
翩飞入院东。
玲珑何所似？
认作菊花丛。

偶 见

繁枝褪碧渐枯干，
蝶绕蜂围簇作团。
应有残花藏叶底，
留些颜色度秋寒。

溪边一景

秋到风光最可夸，
溪边枫树艳如霞。
水中倒影谁揉皱，
风学西施在浣纱。

山　中

游兴还浓日已西，
秋光山色令人迷。
世间纵有通天路，
只借深林一角栖。

秋 雨

侵晓霏霏兀自飘，
时疏时密总潇潇。
昨夜通宵眠不稳，
只缘窗外有芭蕉。

秋行赏枯荷遇雨

乍见乌云急欲奔，
埂圩窄窄最难行。
趁风枯叶频招手，
留我塘边听雨声。

山野寻秋

寒烟淡淡起山沟，
水浅溪清见石头。
好向白云深处去，
觅来野果满衣兜。

留　秋

菊撒金黄漫作堆，
如斯美景怕天摧。
我为拦截秋归路，
欲唤西风饮几杯。

残　花

懒随枯叶堕枝头，
一任霜风吹未休。
遇冷仍存红紫梦，
心痴不肯入深秋。

秋夜偶感

寒风瑟瑟叶萧萧，
处处秋声诉寂寥。
唯有菊花无甚事，
噙霜伴我度清宵。

红 叶

秋光烂漫不萧条，
枫叶玲珑叠叠娇。
只待霜风传号令，
遍山红蜡一齐烧。

落 叶

寒深已不见芳鲜，
霜打黄枯风底旋。
此物本为秋缩影，
一枚住着一秋天。

暮秋见蕨草青青有作

深紫轻红俱遁形，
霜刀挥处剩凋零。
也知荣悴关时令，
仍秉初心抵死青。

送　秋

万里浮云雁字收，
归心浓处几多愁？
带霜撷得黄花蕊，
好送知音一捧秋。

立　冬

薄情天气有情身，
叶上清霜白似银。
俯拾落红酸泪下，
半伤花事半伤人。

冬　雨

想应飘自冷云端，
未湿衣衫已觉寒。
设若雨花还有柄，
折来遥赠故人看。

咏　雪

一

旷野茫茫变玉京，
穿庭飞户舞轻盈。
最怜便是今冬雪，
满地琼花拾不成。

二

玲珑别是有根芽，
万缕情思暗自嗟。
玉蕊深藏春信息，
冰心一片寄梅花。

雪中下乡见枇杷花开

碎玉绵枝数百枚，
让人三步一头回。
香幽嫩似初生水，
清逼溪头早放梅。

月夜见雪堆枯枝
晶莹剔透更胜梅枝

雪替枯枝重理妆，
轻绡裁作白衣裳。
纵然不可迷蜂蝶，
偏与梅花争月光。

收月光

千花万树影分明，
人在皑皑雪里行。
欲把清光收一束，
让它夜夜有常晴。

岁 暮

琼枝疏影淡无痕，
烹雪围炉半掩门。
忽念来春梁上燕，
冰姑遣我问梅魂。

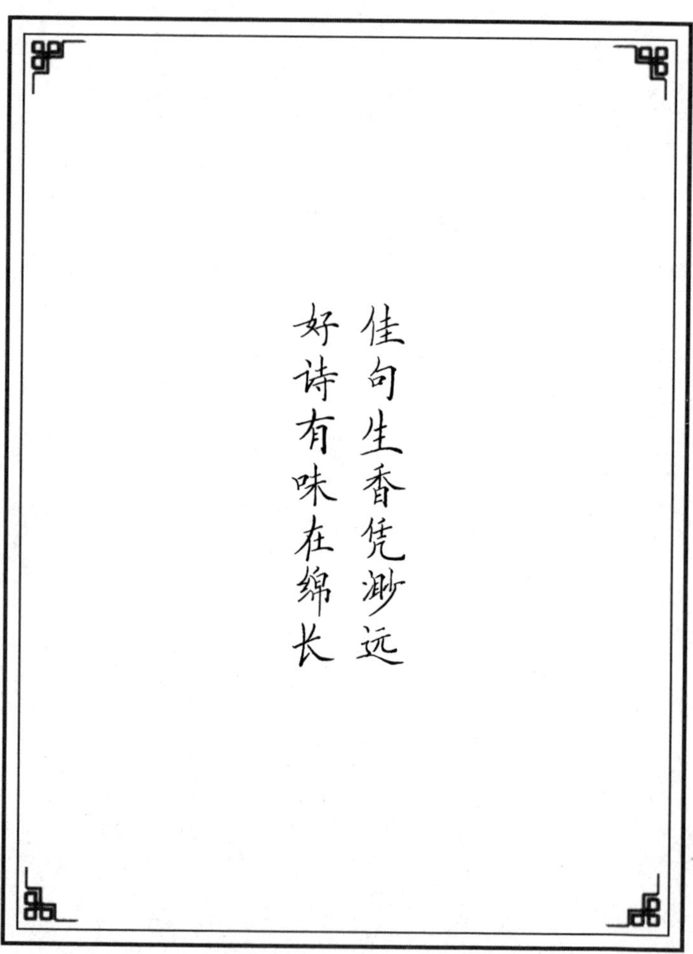
佳句生香凭渺远
好诗有味在绵长

相思离别

无题

寒夜人寥寂，
愁生独处时。
心笺铺就后，
落笔是相思。

日记

行行藏故事，
页页赋新诗。
多少青春梦，
君知我也知。

小　照

书中存小照，
背面几行诗。
字字情初露，
伊人不解之。

忆　君

少时堪忆起，
常共弄青梅。
自与君分别，
年年念作堆。

旧手帕

曾沾年少泪，
打湿几多春。
旧梦唯余我，
珍藏不换新。

红　叶

旧梦最难禁，
青春不再临。
翻看红叶上，
尽是少年心。

问 燕

窗前柳色新，
又是一年春。
借问归来燕，
何时遇故人？

与友人

秋月春花已惯经，
厌看黄紫与红猩。
此生独爱何颜色？
唯尔眸中一点青。

七　夕

一

独自绕阶行，
三更达五更。
今宵天上月，
料也瘦如卿。

二

夜看女牛星，
长宵心不宁。
那时多少梦，
飘忽似流萤。

七　夕

银河波动碧粼粼，
桥上双星私语频。
今夜无人谁伴我？
多情书卷自相亲。

七夕乞巧

情为红线念为针，
织得离愁深复深。
今夜不祈他样巧，
唯求串起那人心。

七夕遇雨

径荒石乱草齐腰，
隔岸离人心已焦。
许是雨稠飞不起，
今宵鹊少未成桥。

月夕感怀

雾湿青衫露湿巾，
今年酒比去年醇。
又闻月下传清曲，
但约嫦娥不约人。

牛郎织女

云似肥羔天牧场，
银河渺渺隔鸳鸯。
因忧织女无丝纺，
从此牵牛改放羊。

情人节

双飞化蝶叹曾经，
怀抱新人笑忘形。
多少玫瑰花下客，
虚情撒作满天星。

红玫瑰写在五二○

娇红秾艳是奇珍，
一朵花含一个春。
蚊子血和心口痣，
妍媸尽在看花人。

白玫瑰写在五二○

天然颜色白于霜，
爱到浓时胜月光。
每待情心消退后，
恰如饭粒腻衣裳。

情人节戏题

春花浅淡泪花深，
执手相看百感侵。
最怕美人眸底水，
不淹城郭只淹心。

见水中落花

春溪风起碧粼粼，
落蕊残红波上陈。
何物世间堪比类？
无情水与薄情人。

书中藏故人赠花

每自翻看每自伤，
枯花已带旧书香。
当初那个寻常日，
我记心尖你已忘。

拾落花

同植绯桃艳似霞，
离人春半未还家。
夜深披雨前庭去，
捡拾相思与落花。

枯　花

持手详看意自亲，
此花君赠足堪珍。
如今瓣蕊虽枯萎，
陪我曾经浪漫春。

山行见梨花

别样风姿妙在幽，
不居华屋住山丘。
前生应有深深恨，
才一开时便白头。

庭　花

红鲜枝上正当时，
缕缕浮香媚似丝。
难耐无边春寂寞，
托风频送报人知。

栽　梅

草盛花稀粉蝶孤，
心田久废近荒芜。
用情锄出无垠地，
为你栽梅十万株。

枫叶情

展叶才看旧姓名，
火花飞溅觉心惊。
信他文字有温度，
燃起青春一段情。

红叶题诗

红叶拈来心自怡，
幽幽清气令人迷。
若诗可得馨香染，
不写相思也要题。

月　夜

痴念如鱼欲脱钩，
哪堪明月正当楼。
相思莫问为何色，
昨日才沾便白头。

月夜捉迷藏

穿花拂柳作梭巡，
环顾唯余此一身。
过去月随君逐我，
如今只有月寻人。

荷塘清夜

那时对月两心同，
人去荷塘半已空。
今夜殷勤谁伴我，
牵衣幸有藕花风。

塘边即景

天上乌云漫作堆，
荷塘风过水潆洄。
浣衣人恨连阴雨，
相问何时才出梅。

塘边见莲蓬壳

捡拾相看子已空，
形如蜂穴叠玲珑。
应为棹女含情采，
隔水笑抛郎口中。

鱼

水中相聚又相偎，
纵使情深易化灰。
能记卿卿唯七秒，
转眸又是一轮回。

注：

据说鱼的记忆只有七秒。

西 风

穿枝飞叶挟寒流，
未启归心先启愁。
懒问桃花春上事，
蒹葭白后白人头。

云

挟风驱电作滂沱，
可化甘霖可化波。
近日雨停愁雨下，
思君心起湿云多。

雨 夜

夜雨敲窗眠未成，
千愁未去万愁增。
相思更比愁还厚，
一秒心中积一层。

夜 雨

镜里人成昨日花，
铺笺无句寄天涯。
小楼一夜缠绵雨，
引我披衣坐听蛙。

黑　夜

愁绪犹如百尺藤，
一经缚住解无能。
为君易入痴人梦，
故自通宵不点灯。

梅雨夜

遣愁不去奈愁何，
君在南坡我北坡。
一样孤凄梅雨夜，
相思知是哪边多。

雨　夜

客边容易动离愁，
况是潇潇暮雨秋。
夜夜睡时心不锁，
好令归梦早伸头。

雨中剪韭

入眸青嫩胜琼英，
微雨双飞燕自鸣。
痴念此时肥似韭，
这边剪罢那边生。

扫　心

如拳之境是灵居，
四季风清乐有余。
俗念若生当扫尽，
心尘起后最难除。

心园凋荒

碧色盈盈夹紫朱，
惜经情火尽荒芜。
若今能得忘忧子，
定在心头种一株。

遣　怀

愁来入骨了无形，
雨带恨声谁忍听。
春与故人同去远，
梨花落尽剩空庭。

遣　愁

闲愁最合寂中排，
终日幽幽闭小斋。
无赖春风她不管，
穿窗径自扑人怀。

愁　思

夜深听雨怅分违，
春已归来人未归。
心底闲愁如乱絮，
无风亦自向君飞。

愁　痕

沁心寒意倩谁温？
未至黄昏深闭门。
怕见新薇开旧架，
那丛红处是愁痕。

愁

提起沉沉放下轻，
沁凉薄脆似冰晶。
设如此物落于地，
应作叮叮碎玉声。

愁

时如锐刺贯心穿，
时似苍藤乱绕缠。
设若将愁抽引尽，
可环宇宙万千圈。

泪

未平河道未平沟，
心底纵横眼底流。
此水多含悲苦味，
不浇花草只浇愁。

止　疼

夜寒愁泪冷于冰，
欲忍还流苦未能。
每自背人潜啮指，
此疼或可止心疼。

故　事

情为根叶爱为芽，
一遇春风便著花。
故事始终唯有我，
百般愁绪却关他。

封　印

泪满双眸愁满腮，
全无意绪对妆台。
如今且把心封印，
唯有情符可打开。

旧照片

几张照片泛微黄，
将出时闻有旧香。
往事斩头还去尾，
剩余一段是忧伤。

写　字

指蘸莹莹碧水珠，
才勾一笔又重涂。
已书多少萦心事，
转眼看时半字无。

叠衣服

随风舞起当花看，
细拍轻尘纤手弹。
折叠光阴堆作垛，
谢君与我共凉寒。

装行李

丝巾叠过叠衣裳，
柳绿桃红填一箱。
余下浓情何处放？
轻轻归拢用心装。

采桑叶

又循旧迹到城南，
嫩叶鲜鲜摘一篮。
采罢柔桑深许愿，
君为丝茧我为蚕。

冒雨移栽柳树于庭外

故人捎信道归迟，
冒雨扛锄顷刻移。
纵使庭园青一片，
恨它叶叶是离枝。

写 信

欲寄佳人一纸书，
忽涂忽改忽唏嘘。
云笺别字易揩去，
心上离愁难擦除。

深山见红蓼花

深谷初看叹且惊，
幽花小小伏茅荆。
欲忘南浦愁和恨，
故在无人隐处生。

送　别

愁与轻寒两不禁，
花稀草乱履痕深。
人前还欲强欢笑，
惜达唇边未达心。

送　别

每疑人唤急回头，
红蓼芃芃增我忧。
堪恨情缘如覆水，
一经泼去便难收。

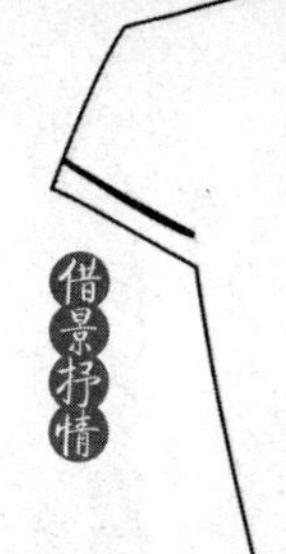

踏　青

风起梨花别样柔，
半生春色半生愁。
黄莺树上悄无语，
似在伤情忆旧游。

等

脚印深深遍绿苔，
久望不见故人来。
桃花早赴春风约，
已在初逢那处开。

春　思

柳丝愁染尽低垂，
千里思君不得随。
暗对春风生艳羡，
时时抚上那人眉。

春　思

相思每自傍情生，
付与人人分重轻。
时起风云时起雨，
此心由你主阴晴。

春　思

今春不似旧时春，
花下唯余我一身。
思念初生何所类，
肥于瓜叶软于茵。

春　忆

才见桃花鼻已酸，
旧情如梦了还难。
我心虽似古潭水，
每忆君时必起澜。

春　信

花为标点草为钩，
雨墨天磨湿未收。
芳信一封多少字？
溪头写遍写山头。

春日读信

为避春风不卷帘，
恐它先把信笺拈。
卿卿如晤才过眼，
一片羞红上耳尖。

春　归

雨后红鲜半已残，
杜鹃啼怨耳边钻。
我心本是小如叶，
载得春愁似海宽。

暮春有思

绕飞三匝鹊无依，
绿已鲜浓红已稀。
我遣楝花风一缕，
代为去拂那人衣。

夏 柳

花草丛中更寂寥，
临风独立小溪桥。
夏愁不比春愁薄，
离恨还垂千万条。

仲夏夜之梦

薄衣湿透乍醒来，
热浪翻波火炽腮。
幸得梦中无四季，
桃花依旧向人开。

秋 思

为君枉费数年心，
每到秋凉思不禁。
曾受相思催命掌，
至今留得印痕深。

秋

风掌才挥花事休，
连宵苦雨怯登楼。
自君去后删三季，
与我唯余一个秋。

秋　声

故人旧事最牵情，
深念常于去后生。
不是那年同种竹，
此时何处听秋声？

梦

依稀又在小桥旁，
秋露沾衣桂子香。
幽梦如能装作册，
已藏万卷在心房。

夏日折荷赠别

离泪纷飞水样流，
怜君一步一回头。
花如人面聊相赠，
异日他乡可解愁。

深山见古树老藤秀恩爱

树伸长臂抱藤身，
藤启柔唇对树亲。
谁道情深多不寿，
相偕已过百年春。

松桦恋

远离蜂蝶雾云侵，
好把深情对雪吟。
怨女痴男挥别泪，
谁如草木有真心？

注：

松桦恋，长白山西坡著名景点。

望夫石

天涯望断立涂山，
冷雨凄风浸鬓鬟。
一片痴心终化石，
至今犹自望郎还。

美人迟暮

却扇诗

一

待障七香车，
辚辚到我家。
娇娘颜似玉，
罗扇不须遮。

二

团扇手中拿，
如遮一朵花。
柳眉弯杏眼，
宜室又宜家。

催妆诗

一

才与爷娘别，
秦娥下凤台。
夫持青黛笔，
专等画眉来。

二

妆就漏声催，
芙蓉镜里开。
今宵花月好，
交捧合欢杯。

腮上桃花

杨柳纤腰瘦可怜，
不施脂粉也娇妍。
谁言春去桃花谢，
红朵常开腮两边。

着旧衣赏荷每被风阻戏题

残香未褪薄于纱，
拦客风将门票查。
幸得旧衣留旧味，
今朝凭此看荷花。

有女晨妆

晨临妆镜叹无常，
抚颊端看暗自伤。
岁月已施调色手，
偷将红白换成黄。

岁　月

榴花灼灼吐红茵，
初夏春衣仍裹身。
气暖日融犹怯冷，
始知岁月不饶人。

拈花少女

手把红荷立水边，
绿裙风起更翩翩。
清波似镜留双影，
人面娇花两朵莲。

游春少女

女儿二八嫩葱般，
寻摘春花插绿鬟。
忽见柳丝忙驻足，
记它新样画眉弯。

少女与花

体态娇娇脸润霞，
红榴斜插丽堪夸。
青春颜色何相类，
应似佳人鬓上花。

街上一瞥

长街美女走如梭，
似柳扶风眼闪波。
堪笑楚王销作土，
今人犹好细腰多。

语有形

不带青蓝不带朱，
有时难尽有时无。
犹如泉水舌根起，
一出双唇似滚珠。

荷塘寻踪

岸塘踏遍影无踪，
人在炎天心在冬。
记得叶裙皆碧色，
那堪花似旧时容。

柳

细腰袅袅最堪怜，
况胃眉间缕缕烟。
别样时妆君不爱，
动人心处在天然。

注：

倾城阁姐妹互赠诗词，赠天然。

春

天边弯月恰如眉，
万种闲愁合语谁？
待到来年春浅浅，
相逢应在水之湄。

注：

倾城阁姐妹互赠诗词，赠浅浅。

夏

叶间珠露落纷纷，
濡湿飘飘茜色裙。
相约之人嗟未到，
我于林下独看云。

注：

倾城阁姐妹互赠诗词，赠林看云。

秋

独对孤灯百感生，
人间已作落花坑。
怕听风竹敲秋韵，
凄似芭蕉打雨声。

注：

倾城阁姐妹互赠诗词，赠风竹秋韵。

冬

晨起飞花晚渐稀，
人于此处悟真机。
清襟宁让雪沾满，
免使纤尘染素衣。

注：

倾城阁姐妹互赠诗词，赠染素衣。

倾城姐妹

你于塞北我江南，
古韵诗花约共探。
若问奴奴何表字，
倾城阁里唤三三。

注：

倾城阁姐妹互赠诗词，自赠一首。

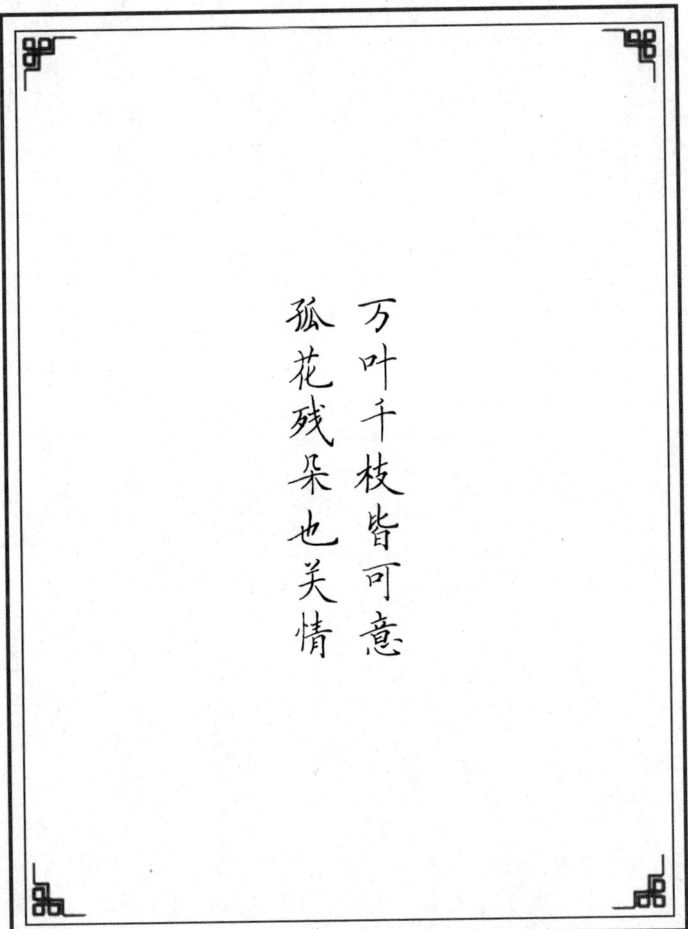

万叶千枝皆可意
孤花残朵也关情

见花开有感

无情第一是光阴，
草木同人两不禁。
年少看花空过眼，
老时方起惜花心。

小院花开

红娇黄嫩动人心，
一院春光抵万金。
为我生香为我艳，
爱花就得用情深。

等花开

似雪如珠惹我怜，
几从盆后绕盆前。
夜深或恐风吹落，
为待花开不敢眠。

花未眠

月下幽姿最可怜，
红云出自绿云边。
鼻端时有馨香送，
知是夜深花未眠。

深山花海

袜履粘苔野径微，
娇红万朵斗芳菲。
行时有意花丛过，
好带奇香一起归。

隔墙有花

奇香阵阵透邻家，
不见琼英暗自嗟。
雀鸟性灵能解意，
为人衔出隔墙花。

小院花香

近家故使步轻轻，
片草毫花不欲惊。
花达天聪知我到，
遣香几缕出门迎。

深秋寻花

幽径几回频去来，
忍看黄叶点苍苔。
秋风未及春风巧，
着意怜花花不开。

无名野花

是谁一路扰心神，
带叶琼枝频拂身。
嫌我衣衫风味淡，
野花来作染香人。

野　花

英蕤自发万千枝，
深悔今春会面迟。
怜你山中红到紫，
依然不肯报人知。

花满墙

未种红鲜未种麻，
推窗惊见满墙花。
多情邻蔓殷勤甚，
有意分香到我家。

谷雨见紫藤如瀑

美人如梦在云涯，
惜有重山密密遮。
除却我来谁已到？
暮春访过紫藤花。

路见枯花

委泥红朵抱香干，
枝上曾经翠叶攒。
信手撷来随手弃，
入眸容易入心难。

于邓山见杜鹃一枝开于山旁

杏桃消息远天涯，
山上清寒无可遮。
幸得红娇情味足，
向人先献一枝花。

深山见梨花凋零
桐花灿烂有作

云深未有住人家，
谁种芳鲜于野涯？
应是春传风信到，
梨花开尽绽桐花。

诗友聚会，途中忽见几树红
白梅花璀璨夺目，记之

红如焰火白如霜，
忽见虬枝逸石墙。
可是多情偏慰客，
为谁送去万般香？

山行遇桂花

愈向深幽愈苦辛，
断碑没草尽荆榛。
桂花怕我浑迷路，
先遣馨香迎客人。

咏杏花

久扣园门恼绍翁，
只因昨夜嫁春风。
芳心总共良人去，
故遣柔枝出院东。

院中茉莉开花有记

苞如米粒雪痕深，
入骨幽香沁我心。
常把浓情加水灌，
人同花木两知音。

邻家兰花

幸同高士结芳邻，
出世幽姿弥足珍。
香气过墙分赠我，
一花开做两家春。

枇杷花开

花如玉粒气如霞，
一树枇杷已著花。
及至来年青果熟，
不知远客可还家？

枇杷熟了

枇杷沾雨色初匀，
野鸟时来不惧人。
择串金黄轻摘下，
细看尽是啄痕新。

菊

昨宵风雨过西园，
黄叶离枝蔓草残。
幸得去年曾种菊，
此花最合冷时看。

见菊忍而未折有作

娇瓣莹莹初著霜，
幽姿别样动心肠。
何须撷采清氛朵？
人过花丛自带香。

赏　荷

水色天光雨后新，
清风拂面更怡神。
顽皮绿盖常迷客，
指路荷花不避人。

赏　荷

满溪红艳似烟霞，
水绕篱边是我家。
每到黄昏闲趁步，
赏荷似赏后庭花。

蝴蝶与荷花

双翅斑斓大似轮，
夏妍灼灼胜芳春。
闻香飞往花心处，
学做莲台打坐人。

荷塘照影

荷送馨香散郁烦，
也摇猫步效名媛。
碧波对影成双笑，
令我欢欣加一番。

初夏荷塘

风动空澄境，
塘中别有天。
鱼儿频去往，
不肯动青钱。

塘边遐想

草是浮纹花是荷，
寻无巧手女娇娥。
水如锦缎经谁织？
鱼跃波间在弄梭。

寻 梅

为寻仙影到蓬莱，
鞋惹尘埃袜惹苔。
何不潜移书院侧，
琼苞伴着墨香开。

问 梅

轻依梅树叩琼枝，
霜降严寒汝可知？
粉蝶孤山曾探问，
何时有幸赏芳姿？

念 梅

喜鹊登枝踏雪来，
朔风飒飒蕊初开。
几回惊醒三更梦，
深恐严寒冻秀腮。

恋 梅

疏枝虬干倚窗台，
自是冰肌玉骨胎。
憾尔不同天上月，
四时常有影徘徊。

伴 梅

新醅绿蚁醉深宵，
欲与梅花共寂寥。
玉笛轻吹天破晓，
风清正好赏妖娆。

路见古梅

万朵琼花白到梢，
古梅堪作忘年交。
贴心频送清香味，
让我尘烦一一抛。

窗前美人蕉

一袭绿衣风卷舒，
美人与我比邻居。
卷帘放入纤纤影，
红袖添香好读书。

芭蕉枯死

曾挥翠袖向人招，
翻草难寻旧日苗。
设若有愁谁伴我？
今秋无雨打芭蕉。

折　柳

一片鹅黄看未真，
水边折得几枝新。
插瓶细赏春颜色，
不欲将来赠与人。

潭边柳

瘦柳依依弱不堪，
长身孤立在清潭。
散开丝发羞还照，
水自张唇将影含。

忆起西园枯死茉莉

幽隅杂草正萋萋，
别样伤心未忍提。
一自卿卿枯萎后，
至今不敢到园西。

桃熟时节见树上空空如也有作

鸟巢树杪大如瓜，
丹果全无叶满丫。
不作连根轻拔去，
须留春上看桃花。

桃林

春红渐老绿初肥，
风动裳衣带浅绯。
许欲为人添丽色，
落花频向鬓边飞。

桃林

相遇桃林已作俘，
知人笑我太痴愚。
愿将身化氧分子，
能占君心一点无？

于桃树上找时光印记

绝妙佳人住哪方？
碧桃树上寄行藏。
若疑请看枝头叶，
春日青青秋日黄。

山中花树

一树繁花百样新，
山深唯有白云亲。
自开自落谁能管，
只认春风作主人。

围抱老树

枯枝霜染绝堪怜，
独自栖身野道边。
清影如同秋影瘦，
抱君犹似抱秋天。

老　树

郁郁云中盖，
浓浓满树馨。
记君深夜里，
陪我看流星。

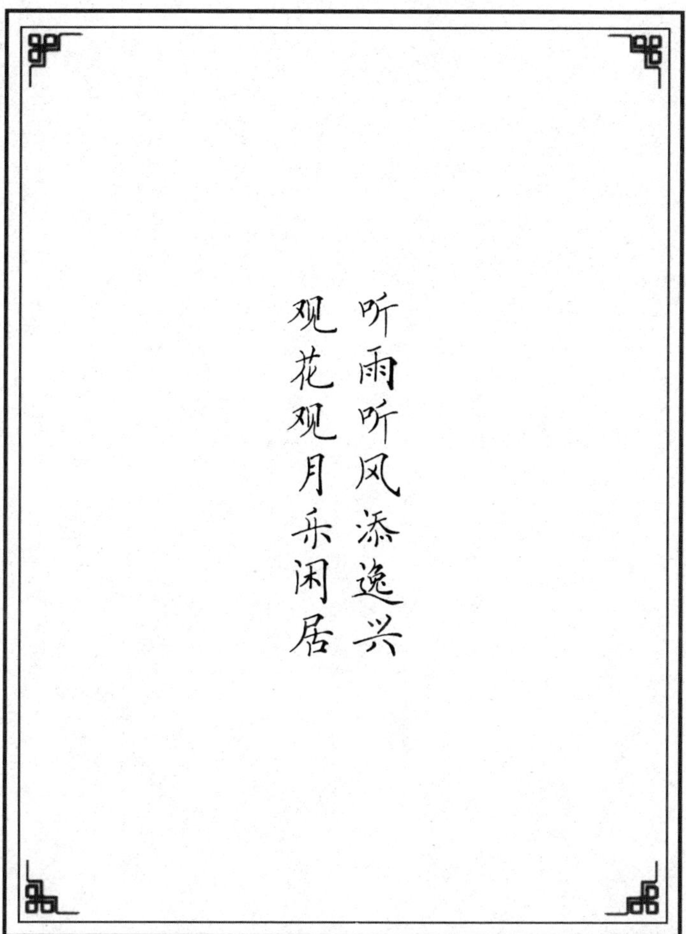

听雨听风添逸兴
观花观月乐闲居

野　潭

山深地僻发清泉，
绿草红花围四边。
遥看堪堪如碗大，
野潭口小却吞天。

湖上人家

朝挟烟云晚带霞，
湖田种藕遣生涯。
爽心凉意知谁送？
半是清风半是花。

山中老房子

霜封雨剥草侵台，
径曲林深少客来。
颓壁叠痕如日历，
一层岁月一层苔。

山涧小溪

泉眼涓涓出石阶，
全凭造化巧安排。
莫言溪水清清浅，
却把蓝天拥入怀。

山　间

珠露寒凉湿袜鞋，
地幽多被藓苔埋。
清风为免人孤独，
频送飞花入我怀。

溪　边

野花遮路绿苔侵，
昔日同来今独临。
溪水那时明似镜，
奈何照不见人心。

二月二十二日与诸诗友聚会兼咏杜溪

钓滩柳绿草青青，
鱼跃清波鸟啄翎。
每待黄昏新雨后，
一溪流水诉曾经。

林　间

林间清气涤尘烦，
草动疑为野物掀。
狡黠兔狐犹可捉，
最难捉住是心猿。

僻　居

云乡原本是仙乡，
四面芳丛当院墙。
风过门窗关不住，
屋头屋角尽花香。

山　居

早春二月柳将舒，
我在幽幽深谷居。
窗外皑皑皆白雪，
闲时唯读古人书。

山 行

过了花丛过棘丛，
薄衣湿透颊双红。
林间揩汗何劳手？
自有悠悠松下风。

雨中登山

松门遇雨未曾关，
地藓新斑连旧斑。
遥望峰头红一片，
知春先我访云山。

山　行

山行久不见人家，
遇采蘑菇一小丫。
笑答白云深处住，
门前开满紫桐花。

枇杷树下独坐

浮世尘嚣到此无，
风过唯有叶相呼。
今朝不待茕茕兔，
为得清幽甘守株。

山中所见

一入深幽满目新，
鹿猴为主我为宾。
翩然芝草似高士，
崖畔花如避世人。

险峰登顶

群山下视似泥丸，
险路经过十八盘。
云顶纵眸开妙悟，
天宽不若我心宽。

山行见流云

每待风来作水流，
趟溪过壑不能休。
是行是止皆随己，
我比闲云更自由。

山行见老黄牛

空山幽寂得心宁，
牛叫悠悠最可听。
应是才尝坡草绿，
哞声自带色青青。

山行有感

老树参天藤蔓遮，
人随曲径入幽遐。
林深泥土涵清气，
最合移回种菊花。

山行偶见

无边杂草与腰齐，
脚底残花半作泥。
最是多情枫叶树，
红笺挂满待人题。

入　山

生香芳草绿连坡，
潜入深山避网罗。
得与白云相对坐，
一天可作两天过。

山　行

林花簇簇压枝红，
拂面牵衣是竹风。
幽谷将人含入口，
人行绣腑锦肠中。

三月九日江西龙虎山泸溪河畔观鸬鹚捕鱼

碧水丹山绝世姿，
杏花烟雨正相宜。
鸬鹚也识春归事，
潜入清溪觅小诗。

垂　钓

汤汤河水幻烟云，
敛气垂竿辨水纹。
多少鱼儿能称量，
欢欣有几不论斤。

小院乘凉

清幽应在静中寻，
拂面凉风称我心。
门闭隔开尘外事，
与花坐到月西沉。

闲　读

院中只合读陶潜，
风送瓜香到鼻尖。
篱下闲闲翻几页，
菜花飞落作书签。

郊　游

尘海栖身似网鱼，
为离缠缚去郊墟。
坐看秋霁湖山静，
心与烟霞共卷舒。

夜　钓

虫声稀落夜何其，
露湿青丝雾湿衣。
独坐野塘心静寂，
更深正好钓禅机。

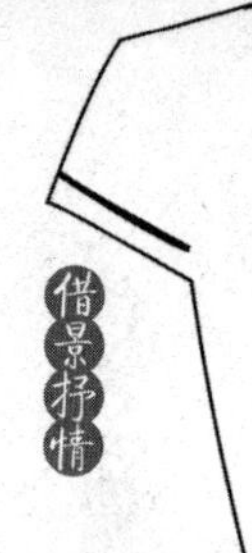

闲　居

清风吹火我烹茶，
散是心情淡是涯。
四季锄开红与紫，
庭花艳过野人家。

幽潭担水

白云深处落星湾，
路隐人稀曲似环。
生活虽如潭底水，
也将舀出色斑斓。

江　南

拂堤杨柳薄烟含，
山染幽青水染蓝。
若问春来何处好？
杏花酥雨旧江南。

琴弦瀑

细流飞涧石，
野草露霜侵。
寂寂空山处，
何人抚竖琴？

注：

琴弦瀑，长白山望天鹅风景区著名景点。

即事感怀

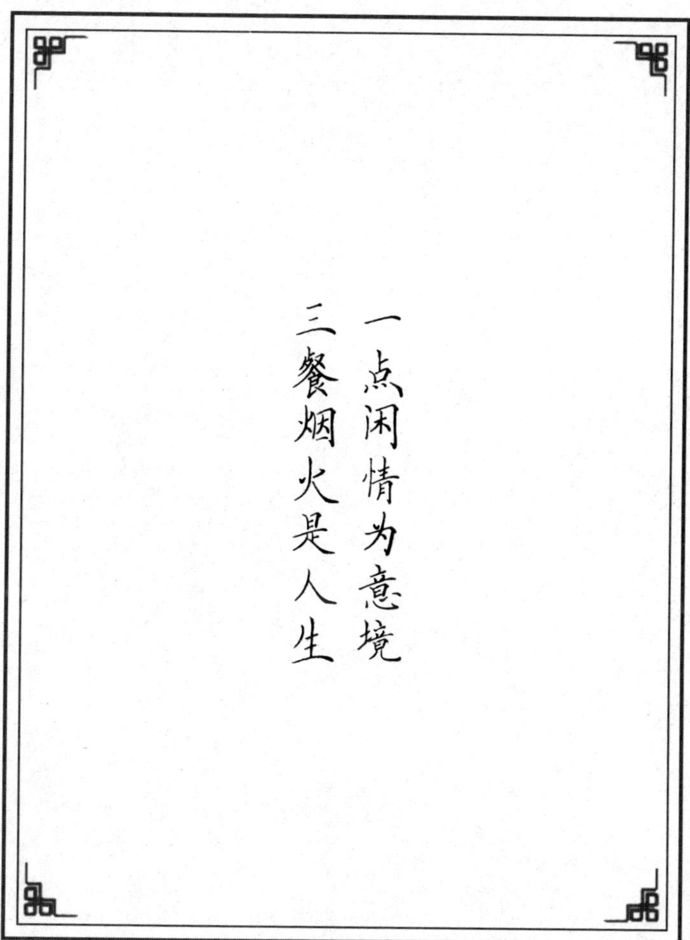
一点闲情为意境
三餐烟火是人生

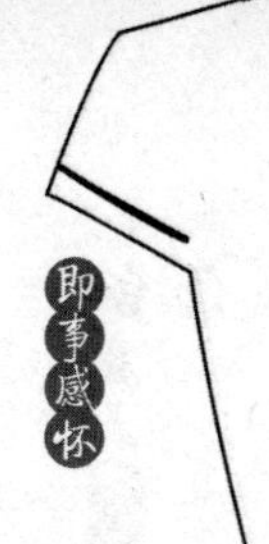

锄 禾

夏满庭园绿满株，
拖锄扛铲学村姑。
双睛不辨禾和草，
一损新苗一痛呼。

夏 种

炎天锄土待秋来，
碧桂黄花次第栽。
为可小园寻古意，
应留一角养苍苔。

自制金银花露

一捧银黄一勺糖，
汁成频饮齿唇香。
沁心透骨凉如雪，
为我殷勤涤俗肠。

种　菜

庭土新翻种果蔬，
无名小草且休除。
清心借此幽幽绿，
胜看妖红百亩余。

种　菜

年来每自效邻家，
春种蔬苗夏插笆。
堪笑隔墙如隔季，
我藤才放你尝瓜。

注：

技不如人，年年种菜，岁岁无收，徒叹奈何。

种　菜

栽莳经心草木知，
瓜藤沾水即牵丝。
一行红紫一行绿，
种菜如同在种诗。

洗　桃

撩水搓揉洗净沙，
细看未忍动唇牙。
须知掌上今朝果，
便是枝头昨日花。

剥洋葱

层层葱瓣似鱼鳞，
眼鼻熏酸味不禁。
何必为它轻洒泪？
紫衣剥尽本无心。

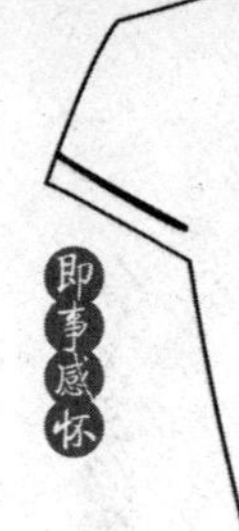

归园田居

园蔬鲜嫩绿盈舍，
小憩扶锄桃树下。
何处能安淡泊心，
豆棚连着丝瓜架。

小园趁步

小园处处菜花香，
如手蔓藤牵袖裳。
自得今年瓜满架，
有心留我话家常。

寄　兴

此心不必寄烟波，
带月扶锄意兴多。
种得嫩黄兼艳紫，
欣看满院蝶穿梭。

院里枣树结绿果一枚，记之

已得田园诗意足，
欣看嫩枣如珠粟。
人间何事最牵心，
园里紫红枝上绿。

炒菜

苔花经火最宜看，
鲜嫩光阴堆一盘。
荇菜参差何必羡，
小园红紫尽能餐。

洗菜

叶鲜杆嫩碧盈盈，
和水揉搓分重轻。
心底泥沙齐洗尽，
春蔬与我一同清。

熨衣服

银斗手拿身自倾，
蒙蒙雾气舞轻盈。
衣衫起褶尚能熨，
心上生纹熨不平。

倒　茶

清茶初泡玉壶倾，
杯盏还须忌满盈。
水倒七分难烫手，
三分留下是人情。

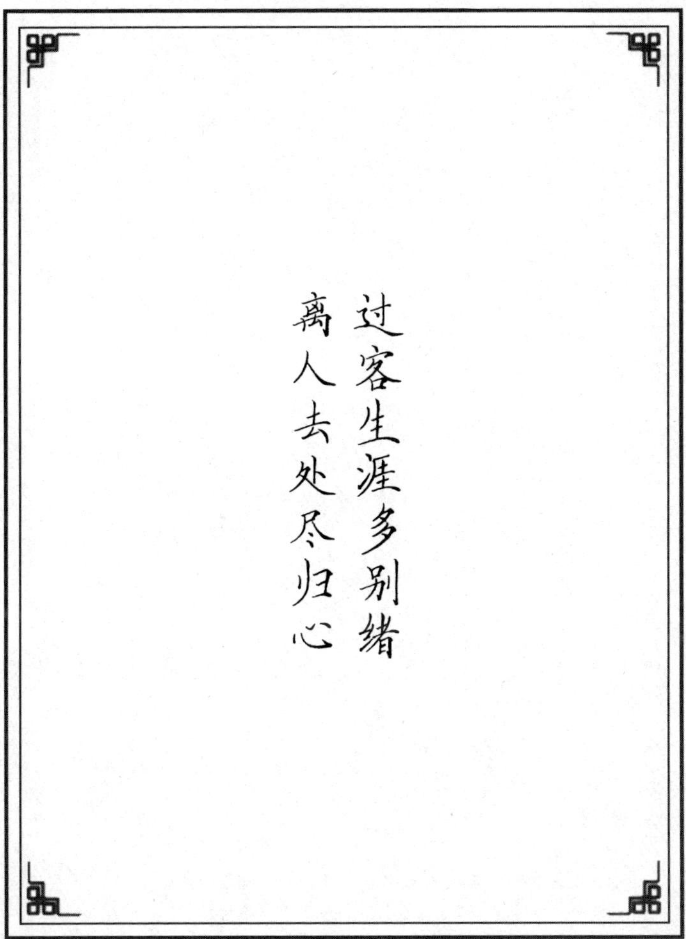
过客生涯多别绪
离人去处尽归心

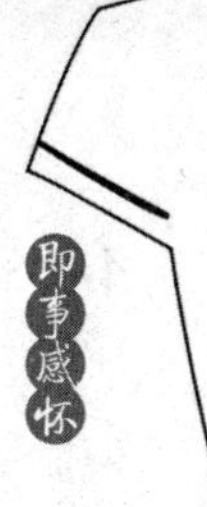

夜　行

今自南涯到北涯，
时将近晚困于车。
旅途孤寂谁能解？
天上弯弯月一牙。

大雾堵于高速

车似长河雾阻拦，
侧看花隔一肩宽。
开窗尽是好风景，
谁说人间行路难。

大雪堵于高速路上

一回长叹一眉颦，
未走三巡停九巡。
昔爱琼花今却恨，
座中尽是待归人。

雪夜困于车内

轻寒遍绕雪如沙，
似坐幽幽油壁车。
暂忘心中无限事，
对窗呵气画梅花。

旅　途

逆旅何寻解闷方？
风光四季细参详。
路途且当诗书读，
一卷摊开百里长。

人在旅途

冬看梅枝春柳枝，
归期过后又行期。
能尝无尽销魂意，
幸得人生有别离。

人在旅途

才过西边又复东，
尘衣多染四时风。
路如束带车如扣，
多少行人缚此中。

旅途随想

桃花红艳雪晶莹，
惯见光阴几度更。
你我互为终起点，
归关情也去关情。

高速遐想

宿松淝水复来还，
惯见风云变万般。
总觉路同人一样，
只宜正直不宜弯。

高速路边樱桃林

路行至此九回弯，
掐算逢时指几扳。
粉雾红云才入眼，
旅人孤寂一时删。

等　车

顿足挠头忧急加，
惊看窗外日西斜。
归心自比飞车快，
未启程时已到家。

堵　车

欲走难行叹奈何，
春光与我两蹉跎。
万车连作千千结，
不及羁人心结多。

归途遇雪

堪笑蜗牛快似车，
归途已被暮云遮。
小丫心上无愁事，
脸贴寒窗数雪花。

车至潜山

心急常忧归路遥，
凉亭桥接太湖桥。
合肥经此还余几？
过了桐城才半腰。

过高速公路

一丛翠绿一丛丹，
赐我灵心良足欢。
顷刻如风过十里，
绝胜打马把花看。

车上小儿

皮似猱猴横复纵，
汗沾软发乱茸茸。
一看母怒急攀颈，
频问何时到宿松。

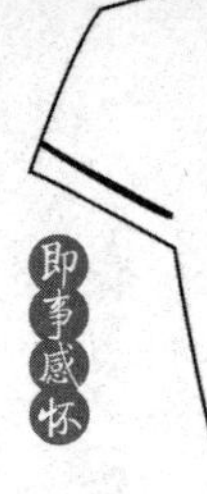

宿松往合肥道上

绿树红花两面环，
太湖过后是潜山。
路如画轴铺长卷，
纵使风来也不关。

车上即景

他看荧屏你发呆，
女儿对镜刷香腮。
车如豆荚人如籽，
一了机缘便散开。

戊戌年腊月高速封路清晨出行夜半到家

侵晓驰行成夜奔，
苦寒透骨冻无痕。
贴心唯有天边月，
将我殷勤送到门。

归故园

门扉未启启心扉，
久别家园梦已违。
苍耳沾衣蛛网密，
侵阶绿草比花肥。

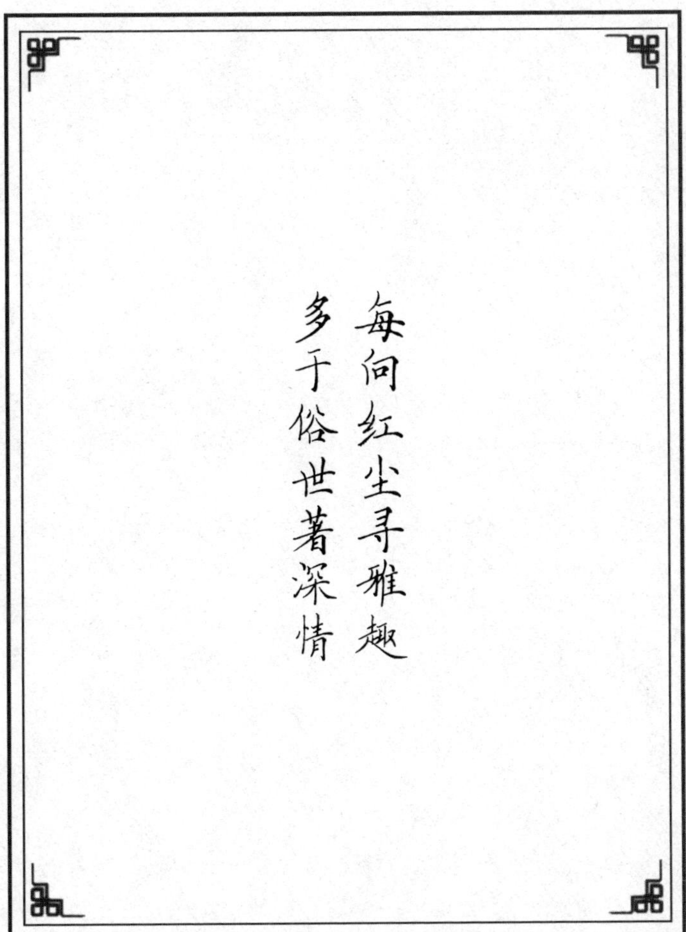

每向红尘寻雅趣

多于俗世著深情

踏 春

三春游罢日曦微，
蜂蝶偏偏逐我飞。
猜是奇香浓未散，
赏花时带落花归。

逗 童

出门偶遇一蒙童，
扒叶翻根自捉虫。
逗问春归何处去，
歪头径指石榴红。

闲居

身远江湖不受拘，
少车僻径客来疏。
闲看世外烟云事，
门外青山无字书。

心闲

避俗何须云水间，
有书案上足开颜。
红尘久驻无纷扰，
唯有心闲才是闲。

与花相约过小桥

隔岸风光数步遥，
我行缓缓你难超。
忽而一阵疾风起，
花已先人过小桥。

过荷塘

万朵红荷艳绝伦，
绕塘细赏百回巡。
埂堤偏窄千人过，
心路虽宽行一人。

剪树枝

丈高红杏借梯攀，
杂乱长条今尽删。
莫使旁枝墙外逸，
满园春色自能关。

暂别小院芍药

丹苞粒粒小如丸，
抚叶摸花生感叹。
明日我将淝上去，
那时秾艳与谁看？

攀　崖

悬崖缒险拽萝藤，
条蔓撕开裂一层。
汁液奔流如堕泪，
原来草木也知疼。

暮春访友

如火榴苞入眼娇，
暮春访友勿须邀。
顽皮飞絮真无赖，
一路逐人过小桥。

偶　遇

眉目依稀认不真，
重逢已隔数年春。
光阴深似侯门户，
未入侯门亦路人。

偶遇故人

故人与我擦肩过，
酸味丛生苦味多。
暗地回头还一望，
眸中仍溅旧时波。

摄梅花寄友人有记

虬枝疏影对溪斜，
摄得芳妍寄海涯。
轻点荧屏遥可见，
不劳驿使送君家。

雪天友人手机赠桃花图有题

黄昏雪密似飞鸦，
掌上摊开一片霞。
冬日秾华君赠我，
无春风处有桃花。

见萝卜青缨垂垂戏作

雪肤柔滑似冰绡，
一角偏安兀自娇。
闲置庖厨才几日，
垂垂绿发已齐腰。

夜听风铃戏数风声

卧床侧耳最分明，
落叶吹枝有重轻。
若说风来无可数，
请听串串脆铃声。

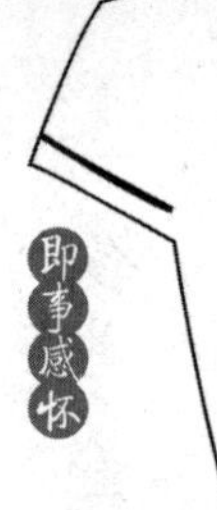

看某人发微信

双眼凝神纤指抬，
桃腮两朵赤云堆。
女儿心事真微妙，
连发三条又撤回。

观友昆剧剧照

见启朱唇声却无，
风吹柔柳弱须扶。
灯前月下宜多品，
胜饮温心酒一壶。

贺商丘诗词学会成立

诗花明艳遍商丘，
雅气连天无尽头。
引得万千骚客聚，
于风流处写风流。

龙虎山仙水岩前观悬棺表演

悬棺高挂接星辰，
天路遥遥紫气存。
试问泸溪千缕水，
如今何处觅精魂？

端阳将近

枇杷黄透麦新黄，
闻得家家豆饭香。
四季小城知变换，
插枝艾叶待端阳。

清　明

断魂人在雨中行，
怅恨黄泉隔死生。
草木未谙愁者意，
穿红着绿过清明。

梦有色

倏忽清明倏忽蒙，
蔷薇铺路百千丛。
昨宵梦是何颜色？
白白黄黄深浅红。

岁末感怀

寻章觅句醒心脾，
年少轻狂慕小资。
阅尽浮华尘世事，
平常最是见真知。

机上所见

也乘铁鸟作天巡，
雪白无边未有垠。
如垛棉花堆似海，
遍寻不见摘棉人。

见一小红船船身斑驳搁置岸边

红褪苔生认已非，
冲舷浪似白蔷薇。
采莲儿女萦心事，
曾是轻舟载得归。

黄昏街头见小贩论斤卖书

知君无奈为谋生，
每对街边暗夜灯。
小辈名家均上秤，
堪叹文字论斤称。

清晨见女清洁工扫落花

看尽朝霞看晚霞，
手将箕帚作生涯。
不同黛玉遣愁绪，
只为行人扫落花。

咏物言志

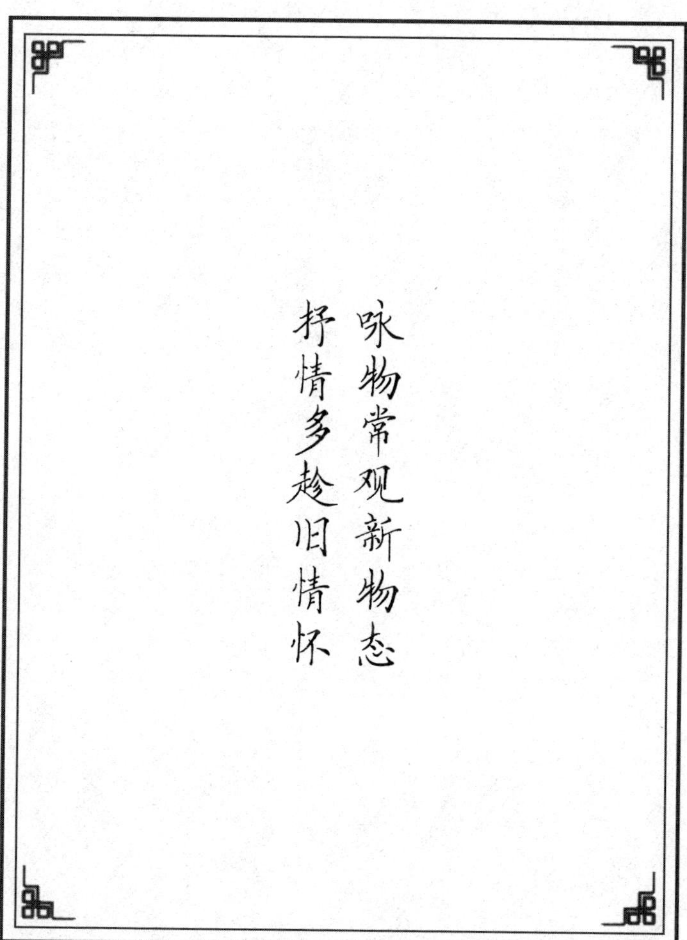
咏物常观新物态
抒情多趁旧情怀

栀子花

其一

清贫身世倍凄凉，
不在泥盆就在墙。
自与情人分别后，
为君爱惜白衣裳。

其二

素衣待得子金黄，
好买胭脂作艳妆。
何故偏来拔高我，
天生就是野姑娘。

咏桃花

一

一帘红雨谢春朝，
遥忆仙源旧梦凋。
欲使丹青留秀色，
最堪怜处最难描。

二

休以凡花喻此身，
经风经雨自天真。
纵然陌上青青色，
桃未开时不算春。

桃　花

花光烂漫态玲珑，
自禀初心一味红。
丹杏休同桃类比，
曾和人面共春风。

桃　花

自开自落自成霞，
溪岭云山占一涯。
俗世人随斜日去，
黄昏应属碧桃花。

暮春桃花

风雨三千动碧枝，
丹心一片志难移。
晨昏脉脉思崔护，
婉拒东君自秉持。

咏　荷

中通外直不延枝，
翠盖红衣覆碧池。
芳意岂随春意动？
懒为青帝画娥眉。

荷　钱

其一

绿衣初着角尖尖，
任那蜻蜓立上沿。
只爱清贫高格调，
却因形似枉称钱。

其二

初时懵懂爱抓尖，
错让身形酷似钱。
风雨历经方悟道，
故将高盖指青天。

枯　荷

老了心情淡了波，
秋枯碧叶蚀痕多。
只因自带烟霞气，
纵使无花亦是荷。

游人赏荷

船在弯弯桥下过，
荷花如面红初破。
游人谈笑赏风流，
真识冰心无一个。

咏桂花

莫因前世问由衷，
为避吴刚远月宫。
借得人间清净地，
但将心事诉寒风。

金银花

或覆荒郊或覆墙，
人前不欲斗时妆。
虽然色似白黄物，
仍放幽幽世外香。

幽　兰

露为浆饮雪为餐，
邀约清风共闭关。
山谷栖身同日老，
胜过随那俗人攀。

问　梅

孤芳不借春功力，
隔俗离尘苦自持。
修到冰心须几世？
雪花轻叩老梅枝。

画　梅

借来古拂拂尘埃，
玉手轻将画纸裁。
工笔难描清瘦骨，
仙姿冷艳逐毫开。

咏焦骨牡丹

不与群花媚武皇，
沉浮富贵作寻常。
堪怜弱骨成焦骨，
一笑嫣然去洛阳。

梨　花

莹似清霜白似银，
知君应是谪仙身。
平生不染俗颜色，
任那千红争一春。

初　春

浅春消息近如何？
老树抽芽发嫩柯。
花木兴荣枝节盛，
人生却怕节枝多。

题院中茉莉花

真香入骨十分清，
天竺琼仙玉比莹。
小院一隅堪避世，
此花不向俗人生。

落　花

竞媚曾于红紫场，
今虽萎落不神伤。
行人蹂踏花心碎，
花却余人一段香。

坝檬普洱茶

云中寄此身，
但与竹为邻。
莫道灵芽小，
一芽藏一春。

无藤豆角

花素枝柔不放藤，
无心借力去腾凌。
深知根应扎泥土，
胜过跻身在上层。

菱角

坚角铁衣心似冰，
湖塘寄梦碧波澄。
生来自带云霞气，
不染淤泥意自矜。

烟

每为心高慕九霄，
逐云随雨意偏骄。
生来通体无根骨，
一遇清风便折腰。

空心菜

三分薄土未嫌贫，
不使情沾碧玉身。
前世有心皆碎尽，
如今作个没心人。

草

守乡护土好儿郎，
每到春来列队行。
遍体戎装鲜绿色，
一排珠露作肩章。

怀古咏史

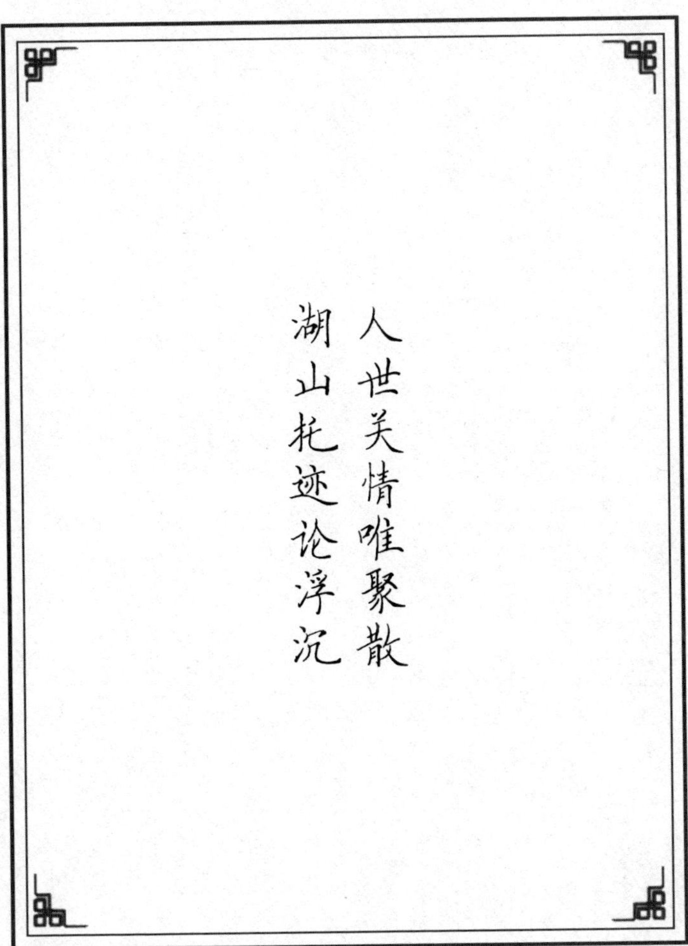

人世关情唯聚散

湖山托迹论浮沉

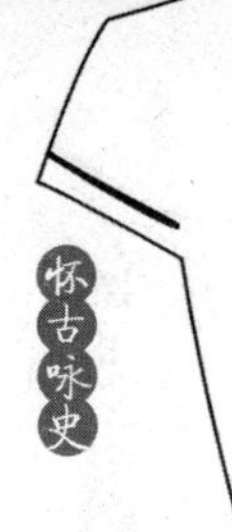

沅陵凤凰山怀古

关山遥望怅难消，
弱骨柔情慰寂寥。
不见当年双燕子，
空余冷雨滴芭蕉。

二西山怀古

白云缭绕酉溪长，
远隔红尘避始皇。
成败兴衰多少事？
野花依旧笑山旁。

对酌亭

花开花落化尘埃，
不见幽人再往来。
太白仙踪成古迹，
清风依旧扫亭台。

太白书台

六角书台隐古城，
苔痕侵径草横生。
君看南寺念经客，
谁把唐诗诵一声。

初秋游沅陵凤凰山

修竹丛丛古刹幽，
斜阳尽照望江楼。
一湾碧水东流去，
褪尽繁华又是秋。

白乳泉

莫逐功名莫妄求，
卞和献玉恨难休。
清泉似乳皆为泪，
流向人间洗怨尤。

注：

白乳泉是蚌埠的著名景点。

大禹治水

江流九曲浪滔滔，
治水奇功震舜尧。
三过家门人未入，
空余愧恨对阿娇。

咏虞姬

玉殒皆因项羽仁，
化为碧草怨难伸。
笔端饱蘸红颜泪，
不赋刘邦赋美人。

咏西施

碧水清清好浣纱，
越溪梦断已无家。
姑苏看尽伤心色，
羞做吴王苑内花。

代唐婉问

钗头凤里意绵绵，
徒使芳心苦上煎。
我已如花凋谢去，
尔何独活许多年？

跋

十数年前，网上偶见其三诗，目为之清新。盖平素所见诗词，吹捧、应酬居多，言而非己之所欲言，至或违心，其去“诗言志”远矣。后尝索其三之作，每读而击节，因说项于同道，且建议其结集出版，以为可传诸后世，以使流布。

此集为其三绝句，多咏物寄情，构思奇巧，真切感人。如《溪边一景》：“秋到风光最可夸，溪边枫树艳如霞。水中倒影谁揉皱，风学西施在浣纱。”枫树倒影为风吹皱，以西施浣纱方之，形象勾画大美意境，自是妙笔。又如《深山见红蓼花》云：“深谷初看叹且惊，幽花小小伏茅荆。欲忘南浦愁和恨，故在无人隐处生。”由红蓼生于“无人隐处”，拟人而及离愁别恨，以画境解读《别赋》所云南浦“伤如之何”，堪称奇思。又如《塘边见莲蓬壳》：“捡拾相看子已空，形如蜂穴叠玲珑。应为棹女含情采，隔水笑抛郎口中。”其跳跃性思维，借形象间勾连以说理言情，似唯真诗家方擅此长。

看苏轼《题西林壁》“横看成岭侧成峰，远近高低各不同”，疑少有称道者，然读至“不识庐山真面目，只缘身在此山中” 两句，则不拍案者几无。盖诗之所贵在曲。曲转而发人所未尝明，出人所不曾想，或由著而微，画龙而点其睛，深掘主旨；或由小而大，摸象而全其形，开拓意象，正是笔端可生花者也。

此道尤以绝句为重，而其三绝句深得其妙。如《春心》“柔条宛转已成丝，暖处青青冷处迟。谁道春心无厚薄？好风先送向南枝”之后两句，转到春心厚薄、好风南枝上，让人思路大开，想及人世。又如《路见枯花》："委泥红朵抱香干，枝上曾经翠叶攒。信手撷来随手弃，入眸容易入心难。"《月夜见雪堆枯枝晶莹剔透更胜梅枝》："雪替枯枝重理妆，轻绡裁作白衣裳。纵然不可迷蜂蝶，偏与梅花争月光。"此类之"曲转"于此集中处处可见，赏者以仁见其仁，无需我偏于一隅而或不得其要以言也。

王光漢

二〇一九年十二月七日

王光汉，安徽合肥人，安徽大学教授，著名语言学家、词典学家。